LETTRE

DU

DOCTEUR DESERIN

AU

GÉNÉRAL LAFAYETTE

EN RÉPONSE A LA SIENNE DU 4 DÉCEMBRE DERNIER.

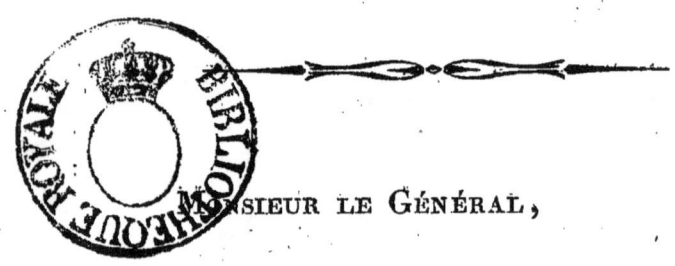

MONSIEUR LE GÉNÉRAL,

J'AI reçu dans son temps la lettre que vous m'avez fait l'honneur de m'écrire en réponse à celle que je vous avais adressée le 11 octobre précédent. L'invitation obligeante et gracieuse qu'elle contenait, d'aller vous voir, afin de causer ensemble sur le système suivi par le gouvernement, était trop flatteuse pour moi, pour ne la pas accepter de suite, si des circonstances majeures ne m'en eussent empêché.

Atteint quelques jours après du choléra sporadique, cette maladie a laissé après elle des traces qui m'ont forcé à tenir long-temps un régime sévère, et à garder la chambre. N'espérant pas pouvoir me rendre de sitôt à Paris et l'horizon politique s'obscurcissant journellement de plus en plus, je vais profiter du séjour que je ferai aux eaux du Mont-d'Or, pour vous faire connaître ma manière de voir sur ce système et sur les événemens auxquels il a donné lieu ; j'indiquerai ensuite les moyens que je crois indispensables pour remédier aux maux qui accablent le pays et peuvent encore augmenter, et je terminerai par faire connaître les résultats désastreux que doivent amener en France nos funestes divisions, si nous ne sommes pas assez sages pour nous rallier tous au gouvernement de juillet : heureux si mes observations consciencieuses, peuvent contribuer à nous ramener sur la ligne que la Charte nous a tracée.

Pour bien traiter une question, il faut la poser d'une manière claire et précise ; pour la bien juger, il faut la considérer sous tous ses rapports ; c'est ce qu'on n'a pas fait lorsqu'on a établi le gouvernement actuel ; voilà pourquoi les mêmes hommes qui l'ont établi et ont juré de le maintenir, travaillent aujourd'hui à le renverser. Il peut y avoir manque de sincérité et de bonne foi chez quelques-uns, mais cela tient évidemment aussi au peu de temps qu'on a eu pour s'en occuper et aux circonstances impérieuses du moment : ainsi les hommes du gouvernement n'ont considéré la révolution de juillet que comme un retour à l'exécution franche de la Charte modifiée. A l'avenir, a dit le Chef de l'Etat, elle sera une vérité ! Ce fut le cri général d'alors, et nous jurâmes tous de nous y soumettre et d'exécuter cette Charte.

Le gouvernement, partant de ce principe, et ne voyant point une révolution là où il en existait réellement une, s'est en général conduit d'après ce même principe; ceux au contraire qui avaient préparé les événemens de juillet et avaient combattu pendant ces journées mémorables, notamment la jeunesse, y virent une révolution. Ils avaient raison, à mon avis, parce qu'un changement de dynastie opéré par la force des armes ne peut recevoir un autre nom. Trop d'intérêts se trouvent ensuite froissés, trop d'ambitions sont déçues, trop de nouvelles surgissent de toutes parts, pour n'avoir pas à craindre des réactions, des émeutes, et tout ce qui a affligé le pays depuis ces événemens: ce qui est arrivé le démontre d'une manière évidente. Le gouvernement s'est trompé à cet égard, et il peut être accusé, avec raison, d'avoir manqué de prévoyance, en ne demandant pas aux Chambres les moyens nécessaires pour comprimer les malveillans et punir les agitateurs; il s'est trouvé désarmé au moment du besoin, et les partis ont pu agir librement, chacun dans leur sphère d'action. Cependant les avis ne lui ont pas manqué, et tout homme un peu clairvoyant, pouvait prédire tout ce qui est arrivé. Si M. Casimir Perrier vivait encore, je lui dirais : Lisez la lettre que je vous ai écrite en décembre dernier, et vous serez forcé de convenir que vous avez été trop confiant dans vos ressources.

J'ai dit que la jeunesse avait particulièrement contribué à la révolution de juillet; elle espérait en profiter : en partie déçue dans son attente, elle a mal jugé le gouvernement constitutionnel; trompée, d'ailleurs, et excitée par des intrigans et des ambitieux qui ont profité de son inexpérience, elle l'a considéré comme un gouvernement stationnaire. Suivant l'impulsion naturelle à cet âge où la mobilité est si grande, qu'elle maîtrise souvent la raison, il n'a pas été difficile de lui persuader que la république conviendrait mieux au pays; et, en effet, dans une république, tout est mouvement; les institutions y changent presqu'aussi souvent que les personnes qui les créent ou les dirigent; aussi est-ce à ces changemens fréquens qu'on doit attribuer leur peu de durée.

C'est une erreur, selon moi, de croire que l'éducation que reçoit la jeunesse est la principale cause qui la porte vers ce gouvernement, elle y tend naturellement par la mobilité de son âge et sa constitution; ainsi, force, mouvement, besoin de changer de situation, voilà ce qu'elle a et ce qui lui convient; aussi la république sera toujours pour elle le gouvernement de prédilection; mais ces changemens fréquens seront-ils avantageux au pays? non certainement. Il est vrai cependant que son éducation ajoute encore à cette disposition naturelle.

La vieillesse, au contraire, penche vers le gouvernement absolu. A cet âge, l'homme tend au repos, les innovations lui coûtent, elles nécessitent quelquefois des déplacemens, et il se meut difficilement ; il désire rester dans la position où il lui a plu de se placer. Aussi, si vous consultez le vieillard à cet égard, il vous dira : Pourquoi innover? des siècles se sont écoulés avec l'état de choses actuelles, et nos pères et nous, avons été aussi heureux que vous pourrez l'être avec vos innovations. Pourquoi sacrifier le certain à l'incertain? Ceci explique la longue durée des gouvernemens absolus dont la gestion lui était ordinairement confiée.

Le moyen âge participant à cette force et à cette mobilité de la jeunesse, à l'expérience et à la maturité de la vieillesse, demandera un gouvernement où il y ait du mouvement et de la stabilité, mais un mouvement mesuré, progressif, basé sur l'observation et l'expérience. Le gouvernement constitutionnel lui présentant tous ces avantages, sera celui qu'il choisira.

Ces considérations, jointes à celles que j'ai indiquées dans les deux Mémoires que j'ai publiés en 1828 et 1831 sur cette forme du gouvernement, ont fixé ma conviction à cet égard.

Un fait digne d'être noté, c'est que ceux qui sont à la tête de chacun de ces gouvernemens sont exposés à subir le joug d'un autre pouvoir qui les domine et dont il leur serait presque impossible de se passer; ainsi, dans les républiques où le mouvement est rapide et continuel, la presse périodique sera à l'avenir nécessaire pour aider leur marche en excitant les passions et leur présentant chaque jour de nouveaux alimens.

Dans les gouvernemens absolus, au contraire, où on redoute toute innovation, les souverains sont forcés de subir une autre espèce de despotisme, c'est celui du parti-prêtre; il y exerce ordinairement une influence très-grande qui leur est quelquefois avantageuse, mais presque toujours funeste au pays. Cette influence est d'autant plus grande que les peuples sont plus ignorans; aussi redoute-t-on l'instruction et les lumières dans ces gouvernemens.

Dans les gouvernemens constitutionnels les souverains ont aussi un despotisme à subir; c'est celui de la loi; celui-ci leur est utile ainsi qu'au pays. Pour bien apprécier son utilité et son influence; il est nécessaire que le peuple ait un certain degré d'instruction; aidé de ce premier degré d'instruction et de son bon sens naturel, il ne tardera pas à apprécier tous les avantages de ce gouvernement sur les autres.

Je ferai ici les remarques suivantes : on vante beaucoup le haut degré de civilisation (il serait plus juste de dire d'ambition), où l'on prétend que nous sommes arrivés; mais la civilisation serait-elle au corps politique ce que l'embonpoint est au corps humain ? Arriverait-il un moment où elle ne pourrait être portée plus loin sans danger de perdre la société, comme l'embonpoint perd l'homme ?

Hippocrate a observé (1), et l'expérience le démontre également, que le corps de l'homme porté à un certain degré d'embonpoint doit périr si on ne se hâte de l'é-vacuer, etc. Les temps de barbarie qui ont succédé aux beaux siècles où vivaient Homère, Archimède, Horace, et ce qui s'est passé dernièrement à Paris à l'égard du choléra, et les 5 et 6 juin, le feraient préjuger.

On cite encore la France et la Russie comme les types de la civilisation et de l'ignorance ; cependant les mêmes effets y ont été produits lors de l'invasion du choléra ; il ne faut donc pas tant vanter cette civilisa-tion, puisqu'on ne sait pas en faire profiter la société, et qu'elle ne rend pas l'homme meilleur. Ici se présente encore une analogie frappante entre le corps politique et le corps humain. Qu'on se rappelle les événemens arrivés à Paris et à St.-Pétersbourg lors de l'invasion du choléra dans ces deux villes : des émeutes et leurs suites. Qu'arrive-t-il quelquefois à l'athlète et à la femme la plus délicate ? des convulsions et leurs suites.

J'ai dit, d'après ma conviction profonde, que le gouvernement constitutionnel était le meilleur pour un

---

(1) Voyez Aphorimes d'Hippocrate, section première, aph. 3.

grand peuple, mais je dois ajouter qu'il est le plus difficile à organiser et à administrer d'après la division des
pouvoirs qui le composent et la facilité qu'a chaque
citoyen de critiquer ses actes; ce qui rend indispensable
le besoin de donner au chef de l'Etat des pouvoirs suffisans pour y maintenir l'ordre et y faire exécuter les
lois; car elles sont à ce gouvernement ce que les forces
vitales sont au corps humain. Si on lui refusait ces pouvoirs, il lui serait impossible d'y faire régner la paix, et
le désordre naîtrait promptement; c'est ce qui a eu lieu
depuis long-temps, et l'on peut en faire le reproche au
ministère du 13 mars; il s'y est exposé en ne demandant pas aux Chambres les moyens qui lui manquaient
pour atteindre ce but; espérons que remanié, il sera
mieux inspiré à la prochaine session des Chambres, et
que celles-ci assez sages pour apprécier la position
difficile où nous nous trouvons, s'empresseront de
les lui accorder, et ne perdront plus un temps précieux
à discuter sur des mots.

Vous voyez, M. le Général, que c'est un médecin
qui écrit. J'ai déjà, dans différentes circonstances, fait
connaître les analogies qui existaient entre le corps politique et le corps humain; ces analogies sont frappantes.

On reproche au gouvernement de ne pas avancer,
de rester stationnaire. Quels sont ceux qui lui adressent
ce reproche? Ce sont ceux mêmes qui lui opposent journellement de nouvelles entraves et lui créent de nou-

veaux embarras, afin d'avoir ensuite occasion de l'accuser et de l'attaquer. Continuellement pressé de se défendre, il ne peut s'occuper d'améliorations et les préparer.

Le pouvoir exécutif doit être le pouvoir dominant dans le gouvernement constitutionnel; il se compose du Roi et de ministres responsables; l'article 12 de la Charte dit : « Au Roi seul appartient la puissance exécutive ». Et malgré ce texte positif, les principaux journaux le commentent chacun à leur manière : plusieurs prétendent que les ministres responsables devraient seuls en être chargés, qu'ils peuvent être gênés dans les discussions qui auraient lieu en présence du monarque, etc. Mais si un ministre avait cette faiblesse, pourrait-on lui supposer assez de courage pour refuser d'apposer sa signature au bas d'une ordonnance faite contre sa conviction ?

La royauté, dit-on, doit dominer sur les autres pouvoirs; mais comment pourra-t-elle apprécier et juger leurs actes, si elle n'est pas instruite ? A-t-on oublié ce vieil adage : *Si le Roi le savait !* et comment le Roi le saura-t-il, s'il n'assiste pas aux discussions qui auront lieu au Conseil lorsque les affaires y seront présentées ?

Il me semble qu'on fait de la royauté ou du Roi, un être idéal auquel on suppose un degré de perfection qui n'appartient qu'à Dieu seul; je pourrais faire la même

2

observation pour plusieurs de nos institutions, où on a substitué le beau idéal au beau rationel. Si l'on réfléchit que le Roi est un homme susceptible dès-lors de commettre des erreurs comme les autres hommes, que sa position est même plus difficile qu'à un autre pour bien juger, en raison de l'influence des personnes qui l'entourent et le conseillent, on concevra alors que le Roi ne peut avoir de connaissances exactes des choses qu'en assistant aux discussions auxquelles elles donnent lieu (1). Si l'on consulte les précédens, on voit également ment que cela est indispensable.

Tout le monde sait que Charles X ne s'occupait point d'affaires, il s'en rapportait entièrement à ses Conseils; aussi, a-t-il signé sans hésiter les ordonnances de juillet, qui lui furent présentées par M. de Polignac; il est probable que s'il eût assisté aux discussions auxquelles elles ont donné lieu dans le Conseil, il eût hésité, et ne les eût pas signées; au moins il aurait pris les mesures nécessaires pour les faire exécuter.

On cite le ministère Casimir Perrier comme ayant bien compris le gouvernement représentatif, en cherchant à isoler le Roi du conseil des ministres. Dans quelle fâcheuse position le ministère Perrier n'a-t-il

---

(1) Voir la réponse du Roi aux députés du conseil municipal de Dieppe, sur les besoins de leur ville, lors de son voyage à son château d'Eu.

pas mis la France par son imprévoyance? peut-on le méconnaître aujourd'hui? Ne soyons cependant, ni injustes, ni ingrats à son égard, il lui a rendu un grand service en conservant la paix; disons plus, il avait adopté le mouvement progressif, le seul qui convînt à ce gouvernement; sachons-lui en gré.

Ici se présente encore pour moi une nouvelle analogie entre le corps politique et le corps humain : le pouvoir exécutif, composé du Roi et des ministres responsables, est au corps politique ce que le cœur et les gros vaisseaux sont au corps humain; comme le cœur est le principal moteur de la circulation, de même, le Roi doit donner l'impulsion au pouvoir exécutif.

J'ai dit que le pouvoir exécutif devait être le premier dans un état constitutionnel, parce qu'il y est seul permanent, qu'il est chargé d'y maintenir l'ordre et la tranquilité, d'y faire exécuter les lois, et qu'il peut seul en présenter de bonnes, ainsi que je l'ai démontré ailleurs (1); cependant un autre pouvoir le domine, c'est la presse périodique; elle nous divise, elle exerce un pouvoir despotique sur l'opinion publique, *cette reine du monde*, elle cause tous les maux qui affligent cette belle France; elle y a déjà appelé et y appellera

_____

Voyez Réflexions et vues nouvelles sur le Gouvernement constitutionnel, page 14.

encore la guerre civile, et par suite l'Etranger, si le
gouvernement et les Chambres ne prennent promptement des mesures énergiques pour arrêter l'extrême
licence à laquelle elle se livre ; cette licence effrénée
est et sera nuisible aux progrès de la liberté elle-même,
parce qu'elle forcera tous les gouvernemens à prendre
des mesures coercitives pour l'arrêter ; qu'elle soit
sage, éclairée, véridique, morale, instructive, sévère,
mais juste envers les actes du gouvernement, tous la
protégeront, parce qu'elle sera réellement utile au pays
et au pouvoir tel qu'il soit. Nous devons respecter
chez les autres ce que nous exigeons qu'on respecte
chez nous : c'est une maxime qu'elle invoque chaque
jour, et dont elle s'écarte continuellement.

La presse périodique devrait exprimer l'opinion du
pays, en être l'écho, et non la former, ainsi que cela a
lieu depuis long-tems ; c'est le principal rôle que jouent
malheureusement la plupart des journaux de l'opposition ; sa mission doit être de diriger l'opinion dans la
crainte qu'elle ne s'égare, de l'éclairer et de la ramener
toujours vers un but utile au pays ; je demanderai si elle
remplit aujourd'hui cette belle et importante mission ?
Non, certes.

Le gouvernement émet-il une opinion, ou même
un membre des Chambres, si cette opinion rentre dans
le système adopté par tel ou tel journal, il s'en empare
aussitôt, il la discute, la commente, la dénature même,
si elle n'est pas conforme à son système, se gardant

bien de traiter la question sous tous les rapports ; mais seulement sous celui qui peut faire triompher le parti qu'il a adopté.

Quelle mauvaise foi n'ont pas montré les journaux de l'opposition dans la discussion de la loi sur la pairie (1),

---

(1) Les discussions que les journaux de l'opposition avaient établies avant que cette loi fût discutée aux Chambres, avait tellement fixé l'opinion publique sur cette question, qu'il eût été peut-être dangereux pour la tranquillité du pays de la décider d'une manière différente ; je pense qu'ils nous ont rendu un mauvais service, en contribuant à faire faire une mauvaise loi, qu'il faudra modifier d'ici à quelques années, autrement il n'y aura plus qu'un simulacre de Chambre des Pairs, et ses décisions, qui pour avoir une force imposante devraient être prises à une grande majorité, le seront par une faible fraction ; ce qui lui fera perdre de cette haute considération dont elle a besoin d'être environnée comme un des trois pouvoirs constituants notre Gouvernement.

On a substitué le beau idéal au beau rationnel.

On s'est fait une fausse idée du dévouement à la patrie ; on a cru voir dans chaque Français appelé à y siéger un nouveau Cincinnatus qui s'empresserait de sacrifier ses intérêts personnels à ceux de son pays. On a abandonné la règle générale pour s'attacher à l'exception : c'est une grande faute qu'on a faite. Sans doute le dévouement à son pays a quelque chose de sublime ; mais combien trouvera-t-on de citoyens qui sacrifieront leur avenir et celui de leur famille pour la gloire de siéger quelques jours à la Chambre des Pairs, lorsque leurs familles ne pourront pas profiter de leurs sacrifices ?

Si l'on eût considéré que ceux qui seront appelés à l'avenir à l'honneur d'y siéger auront généralement peu de fortune, puisqu'ils

sur le prétendu pouvoir constituant de la Chambre des
Députés! Quel rôle ne jouent-ils pas encore dans l'élection
des Députés! Souvent un homme est inconnu et étran-
ger à l'arrondissement qui doit nommer, si cet homme
est connu du rédacteur d'un journal, celui-ci en fait un
éloge pompeux dans chacun de ses numéros; on en
inonde l'arrondissement au moment de l'élection; les
électeurs se trouvant souvent embarrassés sur le choix
à faire, finissent par adopter le candidat proposé,
comme réunissant les qualités d'un bon Député; à peine
celui-ci a-t-il paru à la Chambre, qu'on s'apperçoit
qu'on a fait un mauvais choix.

Si, d'un autre côté, on considère les immenses avantages qu'ont aujourd'hui les journaux de l'opposition
sur ceux du Gouvernement, on sentira l'extrême besoin
de prendre des mesures promptes et sévères pour
suivre la ligne que j'ai indiqué.

On se rappelle en effet, qu'avant la révolution de

---

doivent être choisis parmi toutes les illustrations de la France, on
leur eût laissé pour stimulant l'espoir de voir un jour les fils de
ceux jugés les plus dignes les y remplacer. Il fallait détruire une
hérédité, que j'appellerai bâtarde, qui tend à perpétuer les honneurs dans les mêmes familles, celle au frère, au beau-frère, au
gendre, au neveu, etc., et qui ne donne aucun résultat utile au
pays; mais il fallait conserver celle du père au fils pour ceux appelés à y siéger; ce stimulant eût été salutaire et utile au pays, et
n'eût point empêché que la Chambre se fût renouvelée dans un
court intervalle de tems.

juillet, les dix-neuf vingtième de la France étaient op-
posés à la marche que voulait suivre le gouvernement
d'alors. Les journaux de l'opposition étaient lus par
tous les Français; on les trouvait partout, tandis que
ceux du gouvernement n'étaient lus que par les nobles
et les prêtres. Depuis cette époque, de nouveaux journaux se sont établis; ceux-ci sont encore allés plus loin
que les premiers, ce sont ceux qui prêchent aujourd'hui
la république, et voudraient nous donner cette forme
de gouvernement; les uns, à l'instar de l'Amérique, les
autres, celle de 93; en sorte que ces journaux sont et seront encore long-tems lus par le plus grand nombre;
d'où il résulte que les intentions du gouvernement seront peu connues et généralement mal exposées par
eux. Vainement cherchera-t-il à faire connaître la vérité par ses organes, ses journaux étant lus par le plus
petit nombre, et jamais par ceux qui ont été induits en
erreur; il en résulte qu'elle ne pourra être détruite.

Il est un moyen, selon moi, de remédier à ce grave
inconvénient, qui perdrait bientôt le pays, si on ne le
réprimait sévèrement, c'est de forcer les mêmes journaux qui ont répandu l'erreur, à la réparer. J'en citerai
un exemple parmi mille que je pourrais choisir : presque tous les conseils-généraux qui étaient réunis au
moment des événemens de juin, ont fait des adresses
au gouvernement pour le féliciter d'avoir comprimé la
révolte, et l'ont invité à prendre les mesures nécessaires
pour en prévenir le retour.

Parmi ces adresses, il y en a quelques-unes où on a
pu blâmer la marche suivie par le gouvernement tout
en le félicitant d'avoir vaincu les factieux. Qu'ont fait la
plupart des journaux de l'opposition ? ils les ont fait
imprimer successivement en les commentant à leur manière, les altérant quelquefois avec des intentions per-
fides, afin de fixer l'attention de leur lecteur sur ce
point et de l'égarer. Il y avait un moyen bien simple de
remédier à ce mal, c'était de les contraindre à les imprimer littéralement, et à autoriser le gouvernement à
les forcer d'imprimer celles qu'il leur aurait indiquées;
alors leurs lecteurs auraient jugé de leur bonne ou
de leur mauvaise foi. Ce n'est pas là une censure ; cette
mesure sera suffisante, et elle est indispensable.

On ne saurait se dissimuler une vérité constante;
l'intérêt est le principal mobile des actions de l'homme;
heureux celui qui peut avoir un motif honorable pour
le cacher; le journaliste a cet avantage; ce qu'il fait
souvent par un sordide intérêt, il l'attribue à son zèle,
à son amour pour le bien du pays, sachant bien que
peu de ses lecteurs pourront apprécier ses intentions;
pour en avoir un certain nombre en tout tems, et l'in-
demniser des frais énormes qu'occasionne une pareille
entreprise, il faut qu'il remue les passions, qu'il les
excite, qu'il leur présente toujours un intérêt croissant,
autrement son journal ne sera pas lu, et son entreprise tombera.

Voilà le principal motif qui dirige la plupart des journalistes. Qu'on ne s'y trompe pas, c'est au gouvernement et aux Chambres à prendre les mesures nécessaires pour prévenir un pareil abus, qui nous conduirait indubitablement à la guerre civile et à un envahissement de la part de l'Etranger; j'en ai proposé quelques-unes dans le Mémoire que j'ai déjà cité (1).

Je me résume, en disant que la Charte ne reconnaît pas de pouvoir dans la presse périodique, qu'elle en exerce un réel aujourd'hui, en dirigeant d'une manière despotique l'opinion publique ; qu'elle a été trop souvent funeste au repos et au bonheur du pays, pour ne pas prendre promptement des mesures justes et sévères pour la forcer à rentrer dans les limites tracées par la Charte et les lois (2).

---

(1) Ouvrage cité. *Voyez* les notes des pages 22, 23 et suivantes.

(2) Les ambitieux et les intrigans ont deux grands leviers pour faire mouvoir les masses : la religion et la liberté; comme leurs principes peuvent s'entendre et s'expliquer de différentes manières, chacun les interprète et les explique à la sienne. Les discussions religieuses ont excité des guerres civiles en France sous plusieurs règnes ; nos discussions politiques auront les mêmes résultats, en divisant les Français en plusieurs camps. Si on consulte l'histoire à cet égard, on voit que les moyens sont employés de part et d'autre pour réussir ; c'est un appel fait aux passions afin de soulever les masses et de les engager dans la querelle, persuadés que plus il y en aura d'engagés, et moins il sera facile de s'entendre. Il est donc urgent que le gouvernement et les Chambres fassent cesser promptement un pareil état de choses.

3

La plupart des observations que j'ai faites contre la presse périodique, s'appliquent également à une partie des membres de l'opposition de la Chambre des Députés.

Point de doute que dans un gouvernement représentatif quelconque, il faut une opposition, mais celle-ci doit être éclairée, rationnelle, toute de conviction et nullement systématique, et encore moins intéressée : cependant on ne peut se dissimuler que beaucoup de membres en font plutôt dans leur intérêt personnel que dans celui du pays, et j'ai l'intime conviction que la plupart de ceux qui ont signé le Compte rendu, l'ont plutôt fait pour eux que pour la nation. Le plus grand nombre est trop éclairé, pour n'avoir pas la certitude qu'ils allaient faire un appel aux factieux; aussi leur travail a-t-il promptement porté ses fruits, et les malheureux événemens des 5 et 6 juin en ont été les résultats. Ils espéraient en profiter, et parvenir à se placer à la tête de l'administration, et peut-être à changer la forme du gouvernement actuel.

Je suis loin de nier que dans les reproches qu'ils lui ont fait, il n'y en eût pas quelques-uns fondés; mais était-ce le moment de les lui adresser? La forme était-elle convenable? N'y voit-on pas partout de l'exagération, quelquefois même de la mauvaise foi, un appel fait aux passions, et notamment à la jeunesse, dont on connaissait la mobilité et l'incandescence?

Je regrette, Monsieur le Général, d'avoir vu votre

nom au bas de ce Compte rendu, dans les circonstances
où il a été fait; je regrette encore plus, d'après ce qui
devait arriver le 5 juin, de vous avoir vu figurer dans
cette triste cérémonie, où votre présence était un dra-
peau pour les factieux; cela dénote évidemment pour
tous les hommes impartiaux et un peu clairvoyans, le
désir de voir triompher vos principes, et de faire
proclamer ceux du gouvernement américain.

Que deviennent alors vos sermens prêtés sous la foi
de la sincérité et de l'honneur? Comment l'inflexible
histoire qualifiera-t-elle de pareils actes, vous surtout,
qui avez porté Louis-Philippe sur le pavois (1)? La France
se glorifiait naguères, et présentait avec orgueil aux
autres nations le grand citoyen qu'elle avait produit,
et dont toute la vie paraissait avoir été dévouée au
bonheur et à la liberté des peuples; mais depuis ces
jours de deuil, elle doit cesser d'avoir cette prétention.

Permettez-moi, Monsieur le Général, de profiter
de cette circonstance, pour vous démontrer dans quel
abîme vous jetteriez la France, si vos principes triom-
phaient. Je connais peut-être moins bien que vous
l'Amérique et son gouvernement, mais une connais-
sance approfondie du cœur humain, et du caractère
de notre nation, sa position au milieu de la vieille

---

(1) Tout le monde se rappelle cette expression de M. de La-
fayette en montrant le Roi au peuple : « Voilà la meilleure république. »

Europe, son étendue, sa population nombreuse et agglomérée, sont pour moi des données certaines et positives que ce gouvernement ne convient pas à notre belle patrie.

J'ai, dans une autre occasion, fait connaître les avantages du gouvernement républicain (1); il est le meilleur pour un pays dont la population est éparse et peu nombreuse, parce qu'il est réellement le gouvernement qui dépense et coûte le moins; mais notre pays présente-t-il ces conditions? Pense-t-on qu'avec une population agglomérée de trente-deux millions d'habitans, avec notre mobilité, notre caractère vif, léger, extrêmement susceptible, dans la position que la France occupe en Europe, il fût prudent de faire tous les quatre ans, comme en Amérique, la nomination du chef de l'État, soit que vous lui donniez le titre de Roi ou de Président, peu importe la dénomination? Je ne le pense pas; nommerait-on même ce chef à vie, qu'il y aurait encore de graves inconvéniens.

L'histoire des peuples, et notamment celle de l'héroïque et malheureuse Pologne, où le Roi était électif, en démontrent tous les dangers, surtout lorsqu'on est environné de gouvernemens absolus; cependant le caractère doux et patient de cette nation semblait devoir la garantir des divisions qui ont eu lieu lors de ces no-

---

(1) Ouvrage cité, page 8 et suivantes.

minations, et ont permis aux souverains voisins de la
conquérir et de la partager. Je vous le demande maintenant, M. le Général, pensez-vous sincèrement qu'a-
vec notre caractère connu, nous n'aurions pas les
mêmes divisions, dont les souverains qui nous envi-
ronnent profiteraient promptement pour nous subjuguer et se débarrasser de voisins aussi incommodes
que nous sommes pour eux.

Je vous demanderai encore, si vous aviez bien la
conviction, en signant ce trop fameux Compte rendu,
que le principe du gouvernement américain, et non
celui de la république de 93, eût bien été celui adopté
par tous ceux qui l'ont signé, dans le cas où la révolte
eût réussi les 5 et 6 juin : eh bien, moi, j'ai l'intime
conviction du contraire; car le gouvernement de l'Amérique, qui se rapproche plus du gouvernement constitutionnel que du républicain, est ami de l'ordre, de la
paix, et qu'il n'eût pas convenu, par cela même, à nos
grands meneurs qui eussent préféré celui de 93, où ils
auraient mieux fait leurs affaires. Ils ont voulu profiter de la popularité qui vous reste pour mieux faire
réussir leurs coupables projets, et ils eussent ensuite
brisé l'instrument après s'en être servi. Rappelez-vous du
passé; reportez vos souvenirs vers une autre époque,
d'affreuse mémoire; réfléchissez à ce qui vient d'arriver dernièrement en Amérique, peut-être alors se-
rez-vous moins partisan de ce gouvernement qui doit
encore compter un grand nombre d'années de prospé-

rité, mais dont la tranquillité diminuera en raison de l'augmentation de sa population et à mesure que les hommes qui ont fait sa révolution s'éteindront.

L'homme dont les intentions sont pures, se laisse quelquefois séduire par les promesses trompeuses des ambitieux et des intrigans : je crains que cela ne vous soit arrivé ainsi qu'à beaucoup d'autres, et je suis persuadé que le plus grand nombre de ceux qui l'ont signé ont cru bien faire ; ils ont pensé que ce serait un moyen sûr d'éclairer le gouvernement, et de le forcer à marcher, ne prévoyant pas que les résultats en seraient si funestes. Que ceci leur serve au moins de leçons pour l'avenir ; qu'ils apprennent par-là avec quels ménagemens et quelle circonspection on doit parler à un peuple si susceptible, et surtout à une jeunesse aussi incandescente que la jeunesse française.

Je ne trouve pas que l'opposition fasse toujours preuve de bonne foi à la Chambre dans les discussions qui y ont lieu, et je crois qu'on doit plutôt attribuer à cette cause qu'à l'ignorance les citations erronées ou les exagérations qu'elles présentent dans les calculs ; car on ne saurait disconvenir qu'elle renferme beaucoup de lumières, et que lorsqu'elle dispute d'après les vrais principes, elle ne le fasse d'une manière très-lucide et très-judicieuse.

Je vois, M. le Général, que vous revenez toujours avec satisfaction à votre programme de l'Hôtel-de-Ville. Quelle va être votre surprise, lorsque vous saurez que je partage les mêmes principes et que je les ai en partie proclamés dans le Mémoire que je publiai en 1828 sur un nouveau mode d'organisation des administrations municipale et départementale : un trône populaire avec des institutions républicaines.

Le trône populaire est occupé aujourd'hui par un Roi-citoyen de votre choix que les circonstances fâcheuses qui ont pesé sur la France ont encore grandi à nos yeux ; ainsi, sous ce rapport, nos vœux sont complètement remplis. Des institutions républicaines ; ceci ne peut s'appliquer qu'à l'administration et non au gouvernement, qui doit toujours être fort pour nous protéger au dedans et au dehors ; car le gouvernement où il n'y aurait pas unité d'actions n'aurait qu'une existence très-précaire ; et vous l'avez reconnu vous-même en inscrivant dans la Charte qu'au Roi seul appartenait la puissance exécutive.

L'histoire de tous les peuples vient confirmer cette grande vérité ; ainsi il ne peut y avoir aucun doute à cet égard ; mais il n'en est pas ainsi pour les administrations municipale et départementale. Je suis comme vous, M. le Général, convaincu qu'une administration collective pour les affaires locales sera plus avantageuse au pays que celle d'un seul homme ; voilà pourquoi, dans le Mémoire que je publiai en 1828 (1), j'ai for-

(1) Essai sur un nouveau mode d'organisation des administrations départementale et municipale, page 54 et suivantes.

tement insisté pour faire des conseillers de préfecture de véritables administrateurs qui traiteraient toutes les affaires locales, en laissant au préfet seul le soin de correspondre avec le Gouvernement et de diriger tout ce qui a rapport à l'action gouvernementale.

Lorsque la loi sur l'organisation départementale sera discutée aux Chambres, ce sera à elles de juger des avantages et des désavantages de ce mode, de l'y introduire ou de le rejeter selon sa conviction; vous faites partie de l'une d'elles; je désire que vous réussissiez à l'y faire introduire, alors le programme de l'Hôtel-de-Ville recevrait une entière exécution.

Maintenant que je vous ai fait connaître mon avis sur le système suivi par le gouvernement et sur les événemens qui ont eu lieu, il me reste à vous indiquer les mesures que je crois les plus favorables et les meilleures pour remédier aux maux présens et à présager les malheurs qui peuvent survenir, si chacun de nous s'entête à suivre la route où il s'est engagé et ne se rallie pas au gouvernement.

Si dans la classe éclairée de la nation, il est plusieurs moyens de diriger les hommes, il n'en est pas de même pour les masses : celles-ci ne peuvent l'être, en général, que par le persuasion ou la crainte. Le gouvernement a employé pour tous, jusqu'à ce jour, le premier moyen qui ne lui a pas réussi; on ne peut que l'en féliciter, et s'il ne l'avait pas fait, les meneurs qui dirigent aujourd'hui l'opposition ne manqueraient pas de lui en faire un reproche.

La première chose que le gouvernement devra faire aussitôt la réunion des Chambres, je dirai même que c'est une obligation pour lui, sera de leur demander les moyens suffisans de répression dans le cas où la persuasion ne serait plus écoutée; il faut qu'il cesse de considérer les événemens de juillet comme un retour à la Charte modifiée; il doit y voir une véritable révolution, et proposer les mesures exceptionnelles que l'expérience de tous les tems a démontré être indispensables.

Le 18 brumaire fut moins une révolution que celle de juillet; cependant l'Empereur se vit forcé, par suite du tems, de demander la création de tribunaux d'exception dont il se servit peu, il est vrai, mais qui furent un épouventail salutaire pour contenir les malveillans. Le gouvernement doit également demander aux Chambres une autre juridiction que celle qui existe aujourd'hui.

Le jury est une institution admirable, la meilleure qu'on puisse établir dans les tems ordinaires, mais qui ne convient pas dans un tems de révolution, aujourd'hui surtout que beaucoup de jurés, d'après la dernière loi d'élection, savent à peine lire et écrire. Ce qui s'est passé dans ces derniers tems à Paris, dans la Vendée et ailleurs le démontre d'une manière incontestable. J'ai souvent entendu dire à maints jurés de nos

4

contrées, doués d'ailleurs d'un assez fort caractère, que s'ils étaient appelés pour juger des délits ou des crimes politiques, ils ne condamneraient jamais quoique convaincus de la culpabilité de l'accusé, et cela parce que les rôles pouvaient changer d'un instant à l'autre, suivant le parti qui triompherait. Ainsi il m'est démontré que le jury est une institution qui ne convient pas pour juger les délits et crimes politiques dans un tems de révolution.

La Charte et nos lois n'ayant pas prévu cette circonstance, il faut que le gouvernement et les Chambres y pourvoient.

La mesure demandée par le gouvernement ne doit pas seulement se rapporter aux délits et crimes politiques, elle doit aussi regarder la presse périodique, les sociétés secrètes, et généralement tous ceux qui s'opposeraient à l'établissement et aux développemens des institutions promises par la révolution de juillet.

Je ne reviendrai plus sur ce que j'ai dit relativement à la presse périodique et à l'opposition ; quant aux sociétés secrètes, elles ont pu avoir quelquefois leur avantage ; mais aujourd'hui que la Charte est et sera une vérité, à quoi peuvent-elles être utiles ? L'expérience de ces deux dernières années le prouve, et j'avais tellement la conviction que leur existence n'amènerait que de fâcheux résultats, que je n'hésitai pas à repousser la proposition que me fit M. Garnier-Pagès, aujourd'hui Député, d'en établir dans mon département (1) ; comme il paraissait avoir mission d'en établir dans tous, il est probable qu'il a été plus heureux ail-

---

(1) Voici la réponse que je lui fis, que je communiquai à M. Ch**..., rédacteur du Mémorial de l'Yonne et à M. Maure aîné, qui avaient également reçu des lettres pour le même sujet.

Réponse du Docteur Deserin *aux lettres qui lui ont été adressées par la Société dite* Aide-toi, le ciel t'aidera.

« Monsieur,

» J'ai reçu les deux lettres que vous m'avez fait l'honneur de » m'adresser en date des 15 et 21 mars, et le prospectus qui était » joint à la première.

» Si je n'ai pas répondu de suite à votre première lettre, c'est » que je voulais vous envoyer un exemplaire d'un Mémoire que je » viens de faire imprimer sur le gouvernement constitutionnel, » dans lequel vous verrez ma façon de penser tout entière sur ce » gouvernement et sur l'état actuel des choses. Il en est quelques— » unes que je n'ai pu indiquer ni faire imprimer, mais que je dirai » au Président du Conseil, en lui envoyant des exemplaires pour « le Roi et ses ministres. J'insisterai beaucoup auprès de lui pour » qu'il lui plaise mettre ma lettre sous les yeux du Roi.

» Maintenant je vais vous dire mon avis sur vos propositions et » sur vos projets : je ne les approuve point, et ne puis vous aider. » Vous avez un Roi de votre choix et non du mien, que j'ai cependant » adopté avec enthousiasme, parce qu'il est honnête homme ; son » conseil se compose et s'est toujours composé d'hommes qui se » sont jetés corps et biens dans le mouvement de juillet, qui ne » peuvent dès-lors reculer et qui ont droit à toute notre estime et » notre confiance ; je la leur donne et dois les laisser agir librement; » s'ils marchent mal, je cherche à les éclairer par le raisonnement

leurs, et notamment à Lyon et à Grenoble, aussi y ont-elles produit les mêmes inconvéniens qu'à Paris, et je suis convaincu que toutes les émeutes qui ont eu lieu sur différens points de la France ont été provoquées par ses membres.

» ou par des faits positifs et à les ramener sur la voie que je crois
» bonne. Je ne cherche point à faire de bruit, ni à me mettre en
» évidence, car j'ai déjà publié dix Mémoires sur divers points d'ad-
» ministration publique, et j'ai eu la satisfaction de voir presque
» toujours mes idées adoptées; cependant ils n'ont été connus que
» des hommes d'Etat auxquels je les faisais distribuer. Je pense,
» Monsieur, que les membres de la société, dont les vues peuvent
» être bonnes, feraient beaucoup mieux de suivre cette marche;
» ils aideraient le gouvernement de leurs lumières et de leurs con-
» conseils, au lieu qu'ils ne font que lui créer de nouveaux embar-
» ras, en divisant les citoyens en plusieurs classes.

» Le but de cette association sera même trouvé mauvais par tous
» les hommes éclairés et sages, puisqu'il tend à dénaturer l'élection ;
» il s'agirait de travailler les électeurs, surtout les nouveaux, pour
» obtenir des députés qui partageassent vos opinions. Quoi ! Mon-
» sieur, vous voudriez qu'on fît ce qu'on a si justement reproché
» au gouvernement déchu ? nul homme honnête n'oserait exercer
» de semblables manœuvres et se compromettre à ce point ; le vote
» de chacun doit être l'expression libre de sa conscience ; quoique
» votre lettre ne le dise pas positivement, cependant on ne peut
» attacher d'autre sens aux expressions qu'elle contient.

» Je ne doute point que vos intentions et celles des membres de
» cette société ne soient pures et désintéressées ; mais vous savez,
» Monsieur, combien ces réunions troublent l'ordre public en ex-
» citant les passions et les ambitions.

Si l'on parcourt l'histoire de tous les peuples, on voit que c'est le principal moyen dont se servent les chefs de partis et les intrigans pour faire réussir leurs projets. Ce fut ainsi que sous Charles X, le clergé et les jésuites formèrent toutes ces associations, qui devaient

---

» Vous aimez le Roi que vous avez nommé, vous le défendrez,
» dites-vous ; mais qui vous promettra que les événemens que
» vous allez faire naître ne vous domineront pas ? Peut-on se dissi-
» muler que d'ici à long-tems le pays ne soit condamné à de grands
» sacrifices, à de grandes privations ? Nos ennemis ne cherchent-ils
» pas à faire tomber sur le nouveau gouvernement cet état de
» malaise ? ne parlent-ils pas déjà d'en changer et de nous donner
» la république en appelant une nouvelle Convention, un nouveau
» Robespierre ?.... Ce nom vous fait frémir ! eh bien, Monsieur,
» j'ai l'intime conviction que dans l'état où en sont les choses, vos
» associations nous y conduiraient.

» Quant à celle pour la défense du pays, j'ai fait ma profession
» de foi à cet égard ; tout Français se doit au pays corps et biens,
» et toutes les fois que le gouvernement établi me fera un appel
» légal, je lui dirai : Disposez de mes biens et de ma personne. Je ne
» vois pas pour cela la nécessité d'une association particulière,
» lorsqu'il en existe une naturelle. Tout Français qui connaît ses
» devoirs envers le pays, sait que si l'Etranger y entrait aujour—
» d'hui, ce serait pour le morceler, redoutant cette France riche,
» forte, et le centre de la civilisation qui lui donnerait constam-
» ment de nouvelles inquiétudes.

» Croyez-moi, Monsieur, profitons de notre influence auprès des
» masses pour leur faire sentir la nécessité de l'union, de la rési-
» gnation dans les sacrifices et du besoin de la persévérance. Votre
» association doit diminuer la confiance dans le gouvernement ;

ramener le fanatisme et l'inquisition en France, si la révolution de juillet ne fût venue détruire leurs coupables espérances; que celle qu'on a voulu faire en juin ait les même résultats, qu'elle les anéantisse toutes.

Le clergé et les jésuites s'appuyaient sur notre sainte religion pour masquer leur ambition et arriver à leur but; les novateurs et les anarchistes s'appuient sur la liberté des peuples, pour s'emparer du pouvoir et satisfaire leur ambition; ils ont exploité en hommes habiles les fautes qui ont été faites par ceux qui sont à la tête des gouvernemens, pour nous inspirer une espèce d'horreur de l'arbitraire des rois, afin d'établir d'autres pouvoirs; mais l'anarchie n'est-elle pas mille fois plus funeste aux peuples? n'amène-t-elle pas des réactions journalières? Qu'on consulte l'histoire des nations, et

---

» elle le met dans un état de suspiscion nuisible aux intérêts du » pays, etc.

» Telles sont, Monsieur, mes idées sur les associations que vous » me proposez de former, ce que je ne puis faire; si le gouverne- » ment les réclamait, vous me verriez le premier m'inscrire sur la » liste. »

» Agréez, etc.

«Auxerre, ce 25 mars 1831. »

En adressant le même jour à M. le Président des exemplaires de ce Mémoire pour MM. les membres du Conseil, je joignis à cet envoi les deux lettres de M. Garnier-Pagès et le prospectus de la société. M. le Président du Conseil en parla à la tribune le 31 mars ou les premiers jours d'avril, autant que je puis m'en rappeler.

notamment la nôtre, nos enfans tendent à les favoriser, parce qu'ils n'ont pas acquis notre expérience; mais soyons assez sages et assez fermes pour les éclairer et les préserver des malheurs que nous avons éprouvés.

Répétons-leur sans cesse, qu'à une autre époque, tandis que nous repoussions l'ennemi de nos frontières, nos pères étaient dénoncés, incarcérés, décimés par la hache révolutionnaire; que les partis étaient continuelle-ment aux prises dans l'intérieur, et qu'en peu d'années on vit un vendémiaire, un thermidor, un fructidor, et un brumaire qui nous ramena le pouvoir absolu sous le nom de république. Qu'ils sachent que le plus souvent dans les révolutions les événemens maîtrisent les hom-mes. La jeunesse française est trop éclairée et trop sage aujourd'hui pour ne pas écouter ce langage, et s'aper-cevoir que ce sont ceux qui les ont devancés dans la même carrière qui le leur tient.

Nous avons une monarchie bienfaisante et paternelle qui nous présage des siècles de bonheur et de paix; n'est-il pas juste et raisonnable de nous rallier à elle? elle a pu faire des fautes, mais le Roi n'est-il pas un homme? le soin de gouverner et d'administrer n'est-il pas également confié à des hommes? d'ailleurs, la forme de notre gouvernement ne donne-t-elle pas à chacun de ses membres la faculté de se plaindre et de se faire rendre justice? ne devons-nous pas espérer, qu'à l'a-venir, les hommes qui administreront nos affaires seront de notre choix, que nous aurons, je l'espère, la faculté de les discuter, ou de les faire discuter devant eux ? nous avons celle de publier nos opinions, le droit de pétition est consacré, la tribune et la presse sont à notre disposition pour la réclamer et nous la faire rendre ; quelle liberté veut-on plus grande ? La Charte a proclamé l'égalité devant la loi, elle existe ; demande-ra-t-on l'égalité sociale? mais ce serait une chimère, puis-qu'elle ne pourrait exister deux jours de suite. Je suis bien convaincu, M. le Général, que vous, qui fûtes tou-jours le premier ami de l'ordre, vous ne partagez pas cette opinion.

Les sociétés quelconques doivent donc être expressé-ment défendues pour un tems déterminé au moins, sous quelque forme et sous quelque prétexte qu'elles s'établis-sent, afin de permettre au gouvernement de s'affermir et de prendre racine parmi nous, il doit être traité à cet égard comme un convalescent qui a besoin de ména-gemens dans le régime pour ne pas retomber ; un gou-vernement naissant, sorti d'une révolution, a besoin d'appui, il faut éloigner avec soin tout ce qui peut l'en-traver dans sa marche ; l'intérêt du pays le réclame.

Outre la presse périodique et les sociétés secrètes, le gouvernement a d'autres ennemis contre lesquels il doit également demander des mesures justes et sévères de répression ; je veux parler des carlistes et des prê-tres ; les Chambres doivent lui fournir, pour un tems déterminé, tous les moyens qu'il réclamera pour les forcer à rester tranquilles; ainsi, tous ceux qui reçoivent une pension ou un traitement quelconque du gouvernement doivent lui prêter serment de fidélité et d'obéissance, ou y renoncer; ceux qui troubleront la tranquilité publique seront jugés par la nouvelle juridiction établie, qu'ils soient prêtres, carlistes ou républicains; et s'ils sont condamnés pour avoir troublé ou voulu troubler l'ordre public, qu'ils soient mis sous la surveillance de la haute police pour un tems déterminé, après l'expiration de leur peine; que le gouvernement soit autorisé à les exiler sans nouveau jugement, si pendant ce tems de surveillance ils recommencent leurs trames criminelles; qu'il leur soit accordé la faculté de vendre leurs biens et d'en emporter le montant, après toutefois, avoir remboursé au gouvernement ce qui lui aura coûté pour rétablir la tranquilité; c'est avec de semblables mesures qu'on les forcera à rester tranquilles. Le gouvernement devra rendre compte aux Chambres, chaque année, des résultats de cette mesure.

On va crier à l'arbitraire, à la tyrannie, mais l'Empereur n'eut-il pas tous ces moyens à sa disposition? en a-t-il abusé? Non (1); et l'on redouterait qu'un Roi-citoyen qui s'est toujours montré bon fils, bon époux, bon père,

---

(1) Les demi-moyens perdent les Etats ; notre position est grave; il faut des moyens puissans pour arrêter les progrès du mal.

5

Roi juste et bienfaisant, en abusât! Pour moi, je ne le
crains nullement, et je pense que les Chambres feraient une grande faute, si elle ne la lui accordait pas,
et le gouvernement une impardonnable, s'il ne provo-
quait de semblables mesures, dont il n'aura pas besoin,
j'en suis certain, mais qu'il doit avoir à sa disposition
dans l'occurrence pour contenir tous les agitateurs.

Le clergé doit fixer d'une manière particulière l'attention du gouvernement; il peut lui être utile ou
nuisible selon sa composition. L'utilité d'un bon clergé
ne saurait être révoquée en doute, sa mission étant
toute morale. Le premier soin du gouvernement doit
donc être de lui donner promptement une organisation
définitive et stable.

L'ancien clergé, sous Charles X, l'éloignait jusqu'à
ce qu'il eût atteint le but qu'il s'était proposé, celui de
se rendre indépendant du gouvernement et de former
le premier corps de l'Etat; son ambition satisfaite, il
l'eût demandé avec instance, afin de se recruter dans
les classes éclairées de la société; mais pour atteindre
le but qu'il s'était proposé, il lui fallait des hommes
ignorés ou ignorans (1) qui n'eussent point ou le moins de
rapports possibles avec la société; des sujets dévoués et
soumis qui fissent tout ce qui conviendrait aux chefs.

---

(1) Il n'est question ici que de l'éducation sociale dont a parlé
M. de Fressinous.

Voilà pourquoi il a été chercher ses sujets dans les dernières classes, espérant bien que ces hommes tirés de la misère, et élevés subitement dans la première classe, feraient constamment tous leurs efforts pour s'y maintenir. Le clergé savait bien qu'il y perdrait de son éclat et de sa haute considération, mais l'intérêt et le désir de l'indépendance l'ont emporté.

Le gouvernement doit donc se hâter de revenir au concordat de 1801, et le proclamer hautement; en conservant les évêchés et archevêchés créés depuis, jusqu'à l'extinction des titulaires actuels. Il faut vendre tous les biens qui lui appartiennent, classer les prêtres, fixer leur traitement, et l'élever de manière à les rendre entièrement indépendans des communes, et à vivre d'une manière honorable. Les prêtres devront donner gratuitement tous les sacremens qui rendent chrétien, et faire les cérémonies qui en dérivent. Ceux qui en voudront de particuliers, ou des honneurs, les paieront; c'est ce qui formera leur casuel, lequel devra être également taxé par le gouvernement, concurremment avec l'évêque de chaque diocèse (1).

––––––––––

(1.) On se plaint, avec raison, que le gouvernement n'intervienne pas dans la fixation du tarif des taxes allouées à certaines professions, et que ces tarifs soient faits seulement par les preneurs; il me semble que dans une bonne administration, ce serait à elle à les faire; alors les intérêts de tous seraient ménagés.

Le clergé ne doit pas être considéré seulement sous le rapport religieux, il doit l'être aussi sous le rapport politique. Les élémens qui entrent dans sa composition doivent être tous pris dans les classes éclairées de la société; et c'est parce qu'il les a choisi ailleurs, et qu'il a voulu se jeter dans la politique, qu'il a perdu de son éclat et de la haute considération dont il jouissait autrefois, sa mission est toute morale, il faut qu'il la remplisse; pour cela, il faut qu'il revienne à ses élémens primitifs, qu'il choisisse à l'avenir ses sujets dans les classes éclairées de la nation; il y gagnera, et la société aussi, parce que cette surabondance de jeunesse instruite qui est inoccupée aujourd'hui, et la fatigue, n'ayant pas de moyens suffisans d'existence, agite la société, et la tient dans cet état d'anxiété où nous la voyons depuis quelques années.

Sous l'empire, cette surabondance n'avait rien de fâcheux pour le pays, parce que la carrière militaire étant ouverte à toutes les classes, elle l'absorbait entièrement. Il n'en fut pas de même sous la restauration; ce fut une grande faute de sa part de lui avoir fermé certaine carrière, et de ne lui en avoir pas ouvert de nouvelles. Ce fut cette jeunesse instruite qui coopéra si fortement à la révolution de juillet, et qui sera toujours disposée à recommencer si on ne l'occupe pas. En fixant d'une manière honnête le sort des prêtres, beaucoup de jeunes gens qui ont le goût de l'étude

ou qui aiment une vie paisible, y entreront, et l'on con-
servera à l'agriculture des bras qui lui sont indispensables, et qu'on n'aurait jamais dû lui enlever.

Je pense que le gouvernement a fait une faute, en
suivant pour l'administration du pays, la marche adop-
tée sous l'empire et la restauration. Les circonstances
ne sont plus les mêmes; sa population a augmenté d'un
quart, la classe instruite dans une proportion plus
grande encore. On demande de toutes parts des écono-
mies, et le besoin s'en fait vivement sentir; ainsi il est
donc urgent qu'il change son système d'administration.

Si je n'avais craint de trop prolonger cette lettre, je
serais entré dans quelques développemens à ce sujet
pour le convaincre de cette nécessité, et j'aurais proposé quelques vues nouvelles qu'on auraient mûries, et
qui auraient pu en faire naître d'autres meilleures. Je
pourrai revenir plus tard sur cet important sujet.

Lorsque le gouvernement aura obtenu des Chambres
les mesures suffisantes pour contenir les malveillans et
les perturbateurs, quelles formes qu'ils revêtent, et
quelque masque qu'ils prennent, son premier soin devra
être de completter notre organisation sociale. Ainsi,
les lois sur les organisations départementale, les attri-
butions municipales, l'instruction (1) et la responsabilité

---

(1) Le gouvernement doit favoriser l'instruction primaire; c'est
une dette de l'Etat envers les classes inférieures de la société. Mais

des ministres, seront présentées et discutées à la prochaine session des Chambres, si faire se peut. Il est encore une loi, selon moi, bien urgente et qu'il devrait,
préparer, c'est une loi relative à la révision de celles
déjà faites. On conçoit que pour s'occuper de travaux
aussi importans, il a besoin de tranquilité et d'ordre;
évitons donc, M. le Général, de lui créer de nouveaux
embarras, autrement nous serions seuls responsables et
coupables envers le pays.

Je crois qu'un très-petit nombre d'hommes con-
çoivent bien le gouvernement constitutionnel; il est un
gouvernement de progrès et de mouvement, mais de
mouvemens lents, progressifs, mesurés; il ne doit marcher qu'éclairé par l'observation et l'expérience, c'est
le meilleur moyen de rendre sa marche sûre et du-
rable; alors il présentera tous les avantages du gouvernement républicain sans en avoir aucuns des inconvéniens, en permettant d'y introduire en tous tems toutes
les améliorations qu'on croira convenables au bien du
pays, et ceux du gouvernement absolu, en donnant aux
institutions cette stabilité si avantageuse et si nécessaire

---

il fait une faute grave en laissant prendre dans ces classes des
sujets pour leur faire donner à grands frais une éducation soignée;
cette faveur ne devrait être accordée qu'à ceux dont les familles ont
rendu des services au pays et sont hors d'état de les élever. Ainsi
les bourses, dans les lycées, les colléges, les séminaires, etc. devraient leur être entièrement réservées.

aux arts, à l'industrie et au commerce. Cependant comment atteindre ce but avec la législation actuelle ? La Charte, ce palladium de nos libertés, peut vieillir, et déjà, à mon avis, deux de ses articles au moins auraient besoin d'être révisés : qui osera proposer cette révision ? Quel mode adoptera-t-on pour la faire ? Selon moi, nos lois devraient être divisées en deux grandes classes, en lois organiques et en lois temporaires. Les premières devraient toujours être soumises à l'épreuve du tems et de l'expérience avant de devenir définitives ; la législation qui les ferait ne pourrait leur donner la dernière sanction ; alors le gouvernement les présenterait à la nouvelle Chambre en indiquant les améliorations que l'observation et l'expérience auraient démontrées devoir y être introduites. De cette manière on n'aurait plus besoin de lois interprétatives, d'ordonnances ou de circulaires qui les compliquent et les rendent quelquefois inintelligibles pour beaucoup de personnes ; telle est la loi sur la garde nationale, par exemple, que chacun interprète à sa manière ; ce qui fait de cette institution, bonne en elle-même, une mauvaise institution, puisqu'elle est presque partout un élément de discorde et de désordre. Si cette loi n'était pas promptement révisée et l'institution modifiée, il faudrait écrire sur ses drapeaux désordre public au lieu d'ordre public.

Je pense qu'on ne devrait admettre dans cette garde

que les hommes qui ont un intérêt direct au maintien de celui-ci; tels sont les électeurs municipaux, par exemple, et les notabilités quelconques.

Ce que j'ai dit de la loi sur la garde nationale, s'applique à presque toutes les lois qui ont été faites depuis la révolution de juillet; toutes se ressentent de cette précipitation, de cet esprit de vertige qui a malheureusement existé parmi beaucoup de membres influens de la Chambre élective.

Les lois faites sous l'empire n'offrent ni les mêmes lacunes ni les mêmes inconvéniens; cela tient à ce qu'on n'y introduisait pas à la Chambre une foule d'amendemens et de sous-amendemens qui les dénaturent et les rendent mauvaises; aussi dans beaucoup d'endroits, les conseils d'arrondissement ou de département, ont-ils demandé la révision des lois sur la garde nationale, l'organisation municipale et les élections, etc. Il serait donc à désirer que les Chambres renonçassent à y proposer des amendemens lors de leurs discussions, surtout si l'on considère que ces lois ont été discutées avec le plus grand soin au Conseil d'Etat; qu'apportées aux Chambres, elles y sont de nouveau discutées par les hommes spéciaux et éclairés qui les composent, puisque ce sont les bureaux qui les nomment et concourent par-là à former les commissions chargées de les examiner; que celles-ci ont le droit de les discuter seules ou contradictoirement avec les agens du pouvoir,

d'y introduire tel amendement quelles jugent utile ;
que chaque membre des Chambres a le droit de porter
dans ces discussions le tribut de ses connaissances et d'y
présenter tous les amendemens qu'il croit bons ; que là ,
ils y sont discutés sans animosité ni passion ; on ne voit
plus après cela le besoin d'en introduire de nouveaux,
et des sous-amendemens qui rendent presque toujours
ces discussions orageuses et quelquefois ces lois inintelligibles et inexécutables ; ces discussions ont de plus le
grave inconvénient de faire perdre beaucoup de tems.

J'ai dit que deux articles de la Charte avaient, selon
moi, besoin d'être révisés , ce sont les articles 15 et 62.
Je me suis déjà expliqué longuement sur l'article 15 ; je
n'y reviendrai pas (1) ; quant à l'article 62 , il a été
conservé de l'ancienne Charte.

Louis XVIII a fait une grande faute en l'introduisant
dans sa Charte ; il a par-là établi deux partis puissans
dans le pays, dont l'un s'appuyait sur la cour et une
partie de l'armée , et l'autre sur le peuple. Les événemens de juillet, et ceux arrivés depuis, leur ont fourni
l'occasion de se mettre en évidence ; la distinction ad-
mise dans cet article était mauvaise , il fallait au contraire
la faire disparaître , et créer un nouvel ordre dans
lequel les deux ordres existans eussent été confondus

---

(1) Page 32 et suivantes. Réflexions et vues nouvelles sur le
Gouvernement constitutionnel.

en conservant l'ancienneté des titres à chacun; de cette manière le tems eût amené une fusion insensible qui eût été très-favorable à la tranquilité et au bien-être du pays; tant que cet article existera tel qu'il est, cette fusion ne se fera pas, et chaque événement qui arrivera tendra à l'éloigner; ce qu'on n'a pas fait, il faudra tôt ou tard le faire. La Charte ni nos lois actuelles n'ont pas prévu ces cas de révision.

J'ai dit que nos lois organiques devraient être soumises à l'épreuve du tems avant de devenir définitives, que la législature qui les aurait faites ne pourrait leur donner la dernière sanction, que ce serait la législature suivante. Pour la Charte, de plus grandes précautions doivent être prises; cependant le gouvernement constitutionnel étant un gouvernement de progrès et de mouvement, on conçoit aisément qu'il est impossible qu'elle ait pu prévoir tous les besoins à venir; je pense donc que le gouvernement devrait se hâter de présenter une loi à cet égard, dans laquelle il serait dit, que lorsque le gouvernement ou deux législatures consécutives demanderaient la révision d'un article de la Charte, il serait soumis à une révision à la législature suivante.

Les actes des divers pouvoirs qui concourent à former notre gouvernement constitutionnel étant susceptibles de contrôle, et chacun ayant le droit d'émettre son opinion sur ces actes, je me permettrai de parler de ceux de la Chambre élective.

Je crois qu'un grand nombre de ses membres sont peu au courant de l'administration d'un grand pays à la suite d'une révolution, car s'ils s'en fussent doutés, ils n'auraient pas autant tourmenté le gouvernement qu'ils l'ont fait, et lui auraient tenu compte des difficultés sans nombre qu'il a eu à surmonter tant à l'intérieur qu'à l'extérieur.

Ils auraient voulu qu'on eût changé presque tous les fontionnaires publics et employés; je conviens qu'il a peut-être trop hésité à cet égard, et moi-même je lui en ai fait des reproches; mais si on apprécie de bonne foi la position où il s'est trouvé après la révolution de juillet, où tout était à faire et à organiser, on conviendra qu'il s'est trouvé dans la nécessité d'en conserver beaucoup, surtout dans les départemens où les chefs d'administration ont été changés et souvent remplacés par d'autres qui étaient peu au courant d'une grande administration, et n'avaient point de connaissances locales du pays où on les envoyait. Le gouvernement devait, avant tout, s'assurer du dévouement de ces chefs; mais il ne suffit pas d'avoir de bonnes intentions pour faire marcher les affaires dans de pareilles circonstances; cependant il était urgent de marcher; il a donc été forcé de conserver ceux qui avaient des connaissances positives sur l'administration et les localités, quoique leurs principes ne fussent pas précisément ceux du gouvernement.

Membre du Conseil général de mon département,

ayant eu des rapports fréquens avec l'administration,
j'ai pu apprécier si les reproches qu'on lui faisait à ce
sujet étaient réellement fondés.

Si parmi l'opposition qui existe à la Chambre il n'y
en avait pas une partie qui est plutôt systématique que
consciencieuse, et si les chefs n'agissaient pas plutôt
dans leur intérêt personnel que dans celui du pays, elle
lui laisserait le repos nécessaire pour préparer, méditer,
mûrir les projets d'amélioration qui sont utiles à la nation ; elle ne lui créerait pas à chaque instant de nouveaux embarras ; on ne verrait plus ses membres les plus
influens créer des sociétés secrètes, organiser l'émeute, et
chercher à compromettre une jeunesse inexpérimentée,
ardente, sensible à l'honneur, peu susceptible encore
de réflexions profondes, etc. ; on lui verrait apporter,
dans les discussions, ce calme, cette bonne foi qui
commandent toujours l'estime publique, etc. C'est à
vous, M. le Général, et aux hommes sages et éclairés
qui en font partie, à la ramener à ses vrais principes
ou à l'abandonner.

On va peut-être m'objecter : si l'opposition ne tient
pas ce langage ; si elle ne presse pas continuellement le
gouvernement ; si elle ne le harcèle pas sans cesse, il
abandonnera la cause des peuples qui ont embrassé avec
chaleur la nôtre ; ceux-ci se trouvant compromis,
pourront se tourner contre nous, et les rois, après les
avoir soumis, viendront nous châtier de notre pré-

tendue révolte : je ne suis pas de cet avis ; d'un côté, je ne vois aucun intérêt aux souverains de rétablir la branche déchue, puisqu'elle ne présente aucun sujet capable d'occuper le trône ; ce serait se créer de nouveaux embarras pour un grand nombre d'années ; de l'autre, je leur vois trop d'occupation chez eux, pour qu'ils pensent à attaquer notre gouvernement actuel, et je suis convaincu que ce gouvernement, qui présente des avantages incontestables sur les autres, finira par être adopté par eux ; ce gouvernement a déjà pris racine en plusieurs endroits ; on peut même dire que ces racines existent partout, puisque la jeunesse et là plupart des hommes instruits de tous les pays en apprécient les avantages, et cherchent à l'introduire dans les leurs ; mais je crois que c'est agir dans un but opposé à celui qu'on se propose, en créant de nouveaux embarras à notre gouvernement ; c'est diminuer son crédit et lui ôter les moyens de seconder ces peuples de son influence morale ; et j'ai la conviction intime que l'opposition, par un zèle trop ardent et mal entendu, a essentiellement nui à la cause polonaise (1) ; car si au lieu

(1) Je partage entièrement votre opinion, M. le Général, au sujet de la Pologne. Oui, j'ai l'intime conviction, ainsi que vous l'avez si judicieusement dit, que si l'avant-garde ne se fût pas retournée contre le corps de l'armée, toute l'Europe serait aujourd'hui en feu.

Elle lui doit le bienfait de la paix dont elle jouit ; montrons-nous

*

de faire tant de bruit à la tribune et dans les journaux, elle eût agi, et qu'elle eût fourni aux Polonais ce qui leur manquait pour réussir, c'est-à-dire de l'argent et un général expérimenté, (elle avait ces moyens à sa disposition), elle n'avait qu'à faire l'appel que j'avais provoqué aux électeurs, donner l'exemple; elle aurait eu de l'argent. Que le général Lamarque, dont l'absence à la Chambre n'eût laissé aucun vide, fût allé se mettre à leur tête, il aurait rallié l'armée et le peuple; se fût acquis une nouvelle gloire, et la France ne le pleurerait peut-être pas aujourd'hui.

Si elle avait tenu cette conduite, le gouvernement qui avait parlé haut dans le discours d'ouverture de la dernière session, eût encore élevé la voix, et son épée mise dans la balance, l'eût fait pencher du côté des Polonais.

La sympathie que tous les autres peuples avaient manifesté pour la Pologne se fût accrue, et tous fussent

---

reconnaissans envers les Polonais qui lui ont rendu cet éminent service.

Le gouvernement fait ce qu'il doit pour eux; il n'a pas dû ni pu les séparer des réfugiés des autres nations qui ont combattu pour la même cause; c'est à nous à faire pour eux ce que le gouvernement ne peut faire.

Je vous envoie un mandat de trois cents francs, et je me soumets à payer annuellement cette somme tant que j'existerai et qu'ils resteront en France.

venus à son secours. Qu'a fait l'opposition? du bruit; cependant j'avais proposé ce plan dans un Mémoire sur la pairie, que je fis distribuer à la Chambre au commencement de sa dernière session.

Je pense que la majeure partie de l'opposition, et le gouvernement, désirent arriver au même but, mais par des moyens différens. L'opposition voudrait le mouvement accéléré, et, au besoin, l'emploi de la force matérielle; le gouvernement veut le mouvement progressif, aidé de la force morale; eh bien, je crois qu'il a raison, parce que je suis convaincu que tout changement brusque opéré dans l'administration d'un peuple, avant de l'y avoir préparé, peut lui être funeste et amener des collisions dangereuses. Vous voyez, M. le Général, que je vois la chose sous un point de vue aussi élevé que l'opposition.

Il est encore un reproche que je lui ferai, ainsi qu'à la presse périodique. Le gouvernement croit-il devoir changer un fonctionnaire quelconque? on lui demande compte des motifs, et chacun les interprète d'après ses passions et la manière dont il est affecté; on va quelquefois jusqu'à lui contester son droit; on le lui refuse même; et cependant la Charte le lui accorde : il est d'ailleurs naturel; ainsi, refuserait-on à un banquier celui de renvoyer un de ses employés, si celui-ci discréditait sa maison? (1) Le gouvernement doit rendre

_____

(1) C'est une grande erreur selon moi, de penser qu'un fonc-

compte aux Chambres et au pays du succès de ses opérations; et si jusqu'à ce jour il n'en a pas été légalement
responsable, il l'est au moins moralement; comment
veut-on qu'il réussisse, s'il en confie le soin à des agens
infidèles et non dévoués? il est donc juste de le laisser
libre de s'environner d'hommes capables et dignes de sa
confiance. Si le gouvernement les renvoyait pour avoir
voté d'une manière non ostensible contre son candidat
dans une élection, il y aurait ici la même injustice que
pour le banquier qui renverrait un de ses employés
pour avoir déposé, dans le secret, ses fonds dans une
autre maison que la sienne, parce que dans l'un et l'autre cas, c'est une propriété qu'on n'a point engagé et
dont on doit toujours rester libre de disposer à sa vo-
lonté; mais un semblable reproche ne peut être fait au
gouvernement; ainsi, il doit donc être libre à cet égard.

Il me reste maintenant à vous faire connaître les
résultats probables qui auront lieu, si la majeure partie

---

tionnaire ou un employé ne doivent que leur tems à celui qui les
paie; ainsi, un banquier qui prend un employé pour la tenue de
ses livres, celui-ci croira-t-il avoir rempli toutes ses obligations
envers lui, parce que ces livres seront bien tenus? ne lui doit-il
pas aussi le secret de ses opérations, son concours pour leurs succès? S'il les divulgue, s'il les interprète mal, le banquier n'est-il
pas en droit de le renvoyer, quoique cet employé tienne bien ses
registres? Cette remarque s'applique également aux fonctionnaires
publics.

de l'opposition, dont les intentions sont pures et désintéressées, ne se réunissait pas à la majorité de la Chambre, et ne se ralliait pas au gouvernement.

Dans ma lettre du 18 octobre dernier, je vous ai dit
que j'avais annoncé, en avril 1812, à un ministre de
l'Empereur, le résultat probable de son expédition;
en 1813, j'avais de nouveau écrit au ministre des rela-
tions extérieures, avec prière d'envoyer ma lettre à
l'Empereur, qui était alors à Dresde, afin de l'engager
à faire la paix, en lui présageant le retour des Bourbons,
si la victoire l'abandonnait; qu'en 1825, voyant l'influence que prenait le clergé à la cour, je dis devant
plusieurs de mes amis qui me demandaient ce que j'en
pensais, qu'avant dix ans nous aurions une nouvelle
Saint-Barthelemi, ou qu'il arriverait malheur à Charles X, si on suivait la même voie.

Je vous ai indiqué le ministre et les noms des personnes qui ont vu ces lettres ou entendu ce propos,
elles sont les plus marquantes de la ville d'Auxerre;
j'ai d'ailleurs conservé les orignaux de ces lettres; je
vous ai ajouté qu'ayant appris en 1828 que le Roi refusait de signer l'ordonnance de présentation des lois sur
l'organisation départementale et municipale préparées
par le ministère Martignac; prévoyant les résultats
funestes pour le pays, auquel ce refus donnerait lieu,
je n'hésitai pas à profiter de la liberté de la presse qui
venait d'être accordée, pour publier un Mémoire où je

le disais, et dans lequel je démontrais la nécessité
de ces lois.

Si on veut se donner la peine de lire celui que j'ai
fait distribuer l'an dernier à MM. les Députés, on y
verra, pages 3o et 31 du Mémoire précité, que j'ai
également prévu les séances orageuses et les scènes
vraiment scandaleuses qui ont eu lieu à la Chambre des
Députés dans sa dernière session. Ne doit on pas aussi
présumer, d'après ce qui est arrivé depuis sur divers
points de la France, et notamment à Paris, d'après ce
compte rendu, auquel ont adhéré beaucoup de Députés,
dont la bonne foi aura été surprise en le signant, que
s'ils persistent à soutenir les provocateurs de ce compte
rendu, dont les intentions ne sont pas aussi pures et
aussi désitéressées qu'ils veulent bien le dire, que les
séances de la Chambre seront très-orageuses à la prochaine session; que le nom de factieux y sera prononcé;
que des rixes auront lieu, etc. ; que les journaux de l'opposition, qui sont lus par le plus grand nombre, répè-
teront dans les départemens le scandale qui aura eu lieu
à la Chambre, l'expliqueront à leur manière et d'après le
système qu'ils auront adopté, et contribueront ainsi à
augmenter l'irritation qui existe déjà ; que les membres
des sociétés secrètes, dits les amis du peuple, les carlistes et les prêtres profiteront des ces circonstances
malheureuses pour égarer les masses, les exciter à des
émeutes et à la guerre civile, qui en sera la conséquence

inévitable ainsi qu'une nouvelle invasion? Telle est la triste perspective de notre avenir.

Personne mieux que vous, M. le Général, n'est plus à même d'apprécier cette fâcheuse position où nous nous trouverons réduits; vous êtes aussi celui qui peut contribuer le plus à l'empêcher; faisons donc tous nos efforts pour préserver le pays de pareils malheurs, dont les rois sauraient habilement profiter pour nous subjuguer et nous punir d'avoir voulu être libres; que la Charte soit notre boussole comme elle doit être notre ancre de salut; rallions-nous franchement autour du gouvernement, laissons-le agir librement; et si nous pensons qu'il s'égare, éclairons-le; nos observations rendues publiques, recevront promptement la sanction de l'opinion, si elles sont justes, et ne doutez point alors que le gouvernement n'en profite. Que la Chambre se hâte de lui fournir les moyens nécessaires pour comprimer les malveillans et les agitateurs; qu'elle se montre aussi sage et modérée dans ses discussions qu'elle y fait preuve de savoir et de talens; et avant deux ans notre organisation sociale sera terminée, l'ordre et la paix régneront partout, alors notre gouvernement aura repris sa prépondérance, et pourra être présenté aux autres peuples comme gouvernement-modèle.

Je vous demande mille pardons, M. le Général, d'avoir pris cette voie pour vous faire connaître mon opinion, et de l'avoir si longuement développée; peut-être trouverez-vous que j'abuse de l'espèce d'autorisation que vous m'avez donnée; mais vous connaissant pour être autant ami de l'ordre que d'une sage liberté, j'ai pensé que vous ne le trouveriez pas mauvais, et que vous liriez même avec un certain intérêt mes observations, faites d'ailleurs, uniquement dans le but d'être utile au pays, et de le préserver de grands malheurs.

Agréez, Monsieur le Général, etc.

Auxerre, le 12 septembre 1832.

Auxerre, Imp. de Ed. PERRIQUET. 1832.

www.ingramcontent.com/pod-product-compliance
Lightning Source LLC
Chambersburg PA
CBHW061657180626
46818CB00003B/1143